창비시선 ⓕ

고 은 시 집

새 벽 길

창비

차 례

제1부

푸른 하늘

오 푸른 하늘
그냥 하늘이 아니라
우리 몸뚱이 능지처참의 아픔이로다
그냥 사오천년 안 쏟아지는 하늘이 아니라
오늘 원한풀이 못한 우리한테
가슴 벅찬 아픔의 부자로다
오 푸른 하늘
쌍눈 부릅떠 우리가 하늘임을 흐느끼게 하는
남북 몇천만 한겨레의 아픔이로다
푸른 하늘에 내가 있다고 흐느끼게 하는
고려땅 방방곡곡 꽉 찬 아픔이로다

* '흐느끼게 하는'은 절실하다, 절실하게 깨닫는다는 뜻으로 쓴 것임.

단식

서너 발쯤 나가는 내 곱창 말려서
전라도땅 가뭄으로 다 말려서
거기에 귀신 하나 태어난다면
그것으로나
우리 역사 제삿날 지방 삼으리
사신 새벽 서둘러 불사르는 지방 삼으리

* 사신(辭神)은 제사 지낸 뒤 지방을 불사르는 것.

산길

바람더러 너나들이로 하루 내내 걸었습니다
등짐도 정들으니 내 등때기 한몸이어요
원통거리 막국수 술 석잔 먹고
해는 깜박깜박 이 물 저 물에 저물었습니다
나그네새 북으로 가니
내년에 다시 오겠지 하고 바래주어요
아니됩니다
아니됩니다
내 아무리 이대로 복될지라도
몽구리 중놈으로 복될지라도
그걸로는 아니됩니다
외진 데 들꽃 바라보며 물 보며
하루 내내 강원도 산길 걸으며 맘먹었어요
남북통일 안되면 아무것도 뜻없습니다
그리운 그리운 우리 민주주의도 뜻없습니다
어느 뜻도 뜻이라면 통일이어요
저문 산골 황소 앞세워 구시렁구시렁 돌아가는 이

오늘밤 횃대 밑 깊은 잠 꿈에서나마

우리네 온전한 나라 그 나라에 살기 바랍니다

아닙니다 우리네 살다가 갈 곳 두 동강 뚝딱 아니어요

이대로 먹고 자는 두 동강 아니어요

남북통일 되는 날 내일입니다

천만번 곱한 내일입니다

내일을랑 청봉 올라 하늘이 되어

내 목 잘라 금강산께 저기저기 바라보렵니다

달밤

지지난해 몇 고비 술 따라다니다가
수유리 황석영이네 집에서 자고
다음날 아침
창을 열자 인수! 백운! 만경!
내가 못된 것이 되어 있더라
꽤씸하더라
내 아직껏 버리지 못한 것
싸낙배기 홀에미 눈보라로 다 날려버리고
거기 있더라

지난 여름 이영희 조태일들과
거기 가서
새빨간 거짓말로 내려다보니
수유리에도 장위동 석관동에도
으리으리 새로운 인수 백운이 솟아 있더라
보현동 다라닛절 따위 다 지워버리고
동에 번쩍 서에 번쩍 눈뜨면 솟아 있더라

어젯밤 간드러진 임도 없이

멍청한 달 멍청하게 따라나섰다가

서울바닥 매판건물 틈새기마다

한쪽 모서리 자국 보이는

우리 보현봉 겁나도록 올라갔더니

거기에도 달빛에 바위! 바위! 바위!

바위마다 땀흘리며 겁이 나더라

사는 이여

골백번 죽고 죽어 빈 산이 되어도

아직도 죽을 일 끝이 없더라

겁나더라

산 채로 잡아먹어라

가까스로 보현봉 꼭지 기어올라가

허공 꽉 찬 달빛 때려부수고

외마디 비명으로 떨어졌어라

어느 놈이냐

어느 놈이냐

벼랑 아래 즉사한 놈 어느 놈이냐

달도 벼랑도 어느 놈도 대답 없더라

어느 육실헐 놈도 대답 없더라

얼음

비록 나 물이건만

백담사 앞 돌마다 부딪친 피투성이 물이건만

흐르며 마흔살도 넘었건만

어느 밤중 몰려온 것아

아직도 네가 사나운 목대잡이면

쩡! 얼어붙은 얼음 한 덩어리로

서울바닥만한 얼음 한 덩어리로

서울바닥 네 패거리 때려부수고

춘삼월

그냥 이름없이 한강 하류 흙탕물로 흘러가리라

피투성이 얼음 풀려 흘러가리라

화살

우리 모두 화살이 되어
온몸으로 가자
허공 뚫고
온몸으로 가자
가서는 돌아오지 말자
박혀서
박힌 아픔과 함께 썩어서 돌아오지 말자

우리 모두 숨 끊고 활시위를 떠나자
몇십년 동안 가진 것
몇십년 동안 누린 것
몇십년 동안 쌓은 것
행복이라던가
뭣이라던가
그런 것 다 넝마로 버리고
화살이 되어 온몸으로 가자

허공이 소리친다

허공 뚫고

온몸으로 가자

저 캄캄한 대낮 과녁이 달려온다

이윽고 과녁이 피 뿜으며 쓰러질 때

단 한번

우리 모두 화살로 피를 흘리자

돌아오지 말자

돌아오지 말자

오 화살 정의의 병사여 영령이여

벗

내 마른 살 쥐어뜯으며
벗이여
벗이여
벗이여
세 길 천장 아래
그대 이름 부른다
무쇠도끼로 찍어 부른다
부르면 하나하나 달려오는 불덩어리다
내 가슴 불타는 불덩어리다
벗이여

서대문에서 불광동 쪽으로
혹은 불광동에서 서대문으로
오가는 차 소리 다 쥐죽은 뒤
그대 이름 하나하나 불이 꺼진다

벗이여 참으로 달래는 이 여기 있다

잘 자거라

내 참다운 눈물바람 자장가 보내니 잘 자거라

비둘기

난들넌들 떠돌며 찾던 것이
여기 있으니
개가죽나무 잎새 날리는 날
푸른 관복 입고 나서 창살을 쥔다
쓰디쓴 술 퍼마시고
한밤중 깨어나 찾던 것이
여기 있으니
오 자유! 어느 망나니 칼 치켜들어도
두려움 없이 내 겨레 하늘을 본다
한평 반짜리 마룻바닥 박차고 일어서서
하늘 한쪽 보고 나면
얼씨구 절씨구 하늘에 내가 있다
비둘기야
비둘기야
네 까다밥 찌끄럭지 비상식 부스러기 남겨둘 테니
날아가거라 가거든 그들에게 전해다오
여기 있으니 불한당 가슴앓이 다 삭여서

해탈하라고 해탈하라고
삼사상삼방 열번짜리 도둑놈 어린 도둑놈들과
정다운 세상 논밭 만들어 가지고 갈 테니
해탈하라고

진달래와 더불어

우리 형제 아름다우려 태어났건만
아름다운 나라 하나 못 세우고
밤마다 비틀거리는 술꾼이구나
서른살 마흔살 이런 세월이
물웅덩이 속앓이로 얼어붙었다
우리 형제 잠 못 이루고 뒤척이다가
미친년으로 달려가
미친년으로 달려가
휴전선 바람받이 새벽 풀밭 우뚝 서서
이쪽저쪽 총맞아 쓰러지고 싶을 때
돌무더기 바람으로 달려가
화냥년으로 달려가
우리 형제 얼싸안고 피 흘리며 쓰러질 때
우리 삼천리 하늘 아래
숫제 온벙어리
골백송이 잘백송이 진달래꽃 보았다
해마다 봄 가지고 와

봄이라도 골고루 나눠주던 꽃 보았다

우리 형제

우리 죽음 물창 때 가득하게 소리 죽여 피어 있는

삼천리 방방곡곡 진달래꽃 보았다

우리 형제 아름다우려 태어났건만

죽어서 아름다운 꽃밭으로

죽어서 아름다운 꽃울음 나라구나

사랑

불 끄고
옷 벗고
우리 내외 알몸으로 일어서서
살이란 살 다 내리도록
껴안은 뼈 두 자루!

분단 휴전선의 밤 밝힌 뼈 두 자루!

어린 잠

가만
가만
귀기울여 보세요
어느 놈의 천하장사도 못 당할 힘으로
우리 어린것들 잠자는 숨소리에
큰 벼랑 무너지는 꽝소리 들려요

아가
아가
네가 옳아요

어린것들 깨어나면
임진강 스무나루 이쪽저쪽 오가는 배에
고려 뱃노래 물도 울려 온몸에 들려요

새벽길

어머니

푸성귀 잉꼬리 장수로 데친 비름나물 몇 줌이나

콩밭김칫거리 열무 몇 단 팔아서

어머니의 아들 새벽길 이슬 차며 떠날 때

서울 가서 으리으리 잘되라고

주먹밥 노잣돈 주신 어머니

어머니

어머니의 아들 떠난 뒤

천년이나 영검없이 빤짝거리는

북두칠성 흰머리에 이고

찬물 한 그릇에 정들도록 빌고 빈 어머니

어머니의 아들은 술주정뱅이가 되었습니다

일제 삼십육년의 서울

또다시 쪽발이 이십년의 한강 끝에

썩은 호박 해가 집니다

아니 양코쟁이 삼십여 년에 하우스뽀이 늙고 병들었습
니다

술 마시면 수많은 전생 세상 가지고

언제나 새로 태어난 가슴

다음날은 그 가슴에 구멍 뚫려

뚫린 구멍에 지난날 새벽길 환히 보입니다

어머니

언제까지나 서낭당 마루에 서서

떠나는 아들 바라보시는 어머니 환히 보입니다

이제 그만 눈물 같은 집으로 들어가세요

이제 그만 어머니의 아들

해로써 달로써 손꼽아 기다리지 마세요

눈보라뿐이었습니다

비바람뿐이었습니다

어머니의 아들은 술주정뱅이입니다

천 사람의 권리 몽땅 먹은 권세

만 사람의 돈벌이 다 삼킨 부자

단추 하나 누르면

누구요 하는 열두대문집 아니어요

어머니의 아들은

밤마다 발길로 채이는 술주정뱅이입니다

그러나 어머니

한 마리 이백만원하는 금붕어 없더라도

바깥경치 돌고 도는 응접실 없더라도

문둥이 눈썹 다 빠지더라도

어머니의 아들 마흔살 되어

어느날 술잔 꽉 쥐어 깨어버리고

새 세상 같은 붉은 피 흘렸습니다

가슴팍도 이마빡도 들이받아 피 흘렸습니다

더 이상 기다리지 말아야 합니다

술주정뱅이로 기다리지 말아야 합니다

오천년을 기다려 온 그날

긴긴 세월 오백년으로 오십년으로

아니 남과 북 허리 잘려

총구멍 맞댄 세월

이놈도 저놈도 앞잡이 세월에

그날이 오리라고

꼭 오리라고 기다려 온 그날 다 지워버렸습니다

어머니

한핏줄 서로 부둥켜안을 그날

가슴마다 가슴마다 해 뜨는 그날이

언제냐고 묻지 마세요

어머니

술주정뱅이 어머니의 아들 이제야 싸움터로 떠납니다

싸워서 죽을 싸움터로 떠납니다

새벽길 찬바람 속에

두 주먹 불끈 쥐어 어머니의 주먹밥 만들었어요

가슴에 원한 서려

어머니의 노잣돈 가득합니다

오늘 하루가 어머니의 오랜 세월입니다

먼동 찢어 새벽길 떠나며

날선 칼로 몸뚱이 되어

싸워서 그날을 등에 지고 오렵니다

피 묻은 깃발 날리며

찢어진 깃발 날리며

다친 다리 싸매고 그날을 지고 오렵니다

그날이 어머니의 아들입니다

그날이 모든 어머니의 아들입니다

어머니 아닙니다

젊은날 보리방아 찧을 적마다

쭉정이 젖통 출렁거리던 설움

어머니의 아들 죽어서

그 젖 달라고 울부짖으렵니다

어머니

어머니의 아들 늙은 아들 싸움으로 죽어서

오천년 역사의 그날 꼭 이루렵니다.

제2부

연애

오늘은 나 열아홉살로 돌아가
열여섯살쯤 되는 누이와
춥지? 아냐 신나
어쩌구 저쩌고 그런 사랑 하고 싶어라
눈 내린 경인선 가고 싶어라
동문선 뒤적이다가
네놈의 양반들아 백팔운 굴레 쓰고
사랑 한번 제대로 못한 것 같으니라구
네놈들의 사천이백 시부 탁 덮어라
퉤!

* 동문선=東文選. 백팔운=百八韻. 사천이백시부=四千二百詩賦.

어느날

죽은 이도 도리도리 살려낼 힘찬 날
꽃아 네가 피어나누나
요렇게 고렷놈으로 태어나
모진 삶 사는 요 기쁨으로 피어나누나

첫닭 울면

그날 새벽
낫 놓고 기역자 모르는 형제들아
무쇠낫 대창 들고
흰 수건 질끈 동여맨 형제들아
배들벌판 꽝 얼어붙은
그날 새벽 떼과부 서방 형제들아

갑오년 정월 깜깜한 마항장터
돌쇠새끼 마른 배추꼬랭이
잠든 얼굴에 눈시울 감고
징 속에 흙 담아 징소리 잠재워라
형제들아
형제들아
온 목숨 싸리울타리 걸어두고
첫닭 울자 달려온 형제들아

매맞아 뒈진 애비 삼년상 치르고 나서

삼베 건 불태워버려라

죽은 아내 황토고개 황토에 묻고

만석보 봇물 터져라

천년 원한 감발하여 달려온

다섯 자 녹두장군 깃발 아래

첫닭 울자 달려온 형제들아

그날 새벽 일편단심 달려온 형제들아

할애비야

애비야

성님 동상 형제들아

오늘밤 다 새워서

오늘 새벽 첫닭 울면 일어나라

오늘아 오늘아 죽지 않았거든 일어나라

잠든 징 울려퍼져 허허벌판 잠 깨워라

오늘아 죽은 원혼 햇덩어리로 일어나라

봄밤

거룩하여라 서로서로 불쌍한 것들
쇳도막 하나 엿 사먹으려다가
환장할 팔자 전과 누범 된 것들
이놈의 세상 노다지 한번 차리려다가
넨장칠 것 한 도라꾸 털었다가
오랏줄에 묶여온 것들
농투성이 어깻죽지도
마구잡이 배를 짼 케로이드 흉터들도
그것들이 잠든 모습 거룩하여라
너와 나 도둑질 몇 번에
한백년 도둑 맞은 역사 함께 잠들어
이런 봄밤 거룩하여라
내일 모레쯤 이감 갈 놈아
이런 봄밤 네 꿈속에 들어가고 싶어라

그 앞을 지나면서

우리들끼리 한 삽 두 삽 정다운 현저동 백일번지
보름마다 우르르 줄지어
오관구 목간통 갈 때면
지나치는 그곳 목댕기 공장이다
죽산도 재봉이도
또 누구도 누구도 매달린 곳
사람들 시러베 고개 돌리는 곳
스스로 걸어가시라는 하얀 팻말 서 있는 곳
이상하여라 나한테는 거기가 고향이어라
논밭일꾼 할아버지 대대로 묻힌 고향이어라
만일 내가 저 안에 가 매달린다면
우리 겨레에 이 몸 바쳐
큰절 드리는 마음으로
모든 원한 다 씻고
얌전하디얌전한 누이의 마음으로 죽어가리라
신방 드는 누이의 마음으로 빛나도록 죽어가리라

대웅전

부처님 끌어내려요
잘먹어 잘생긴 부자 부처님 끌어내려요
어쩌다가 간드러진 풀잎 수염은 그 모양이어요
다음날
단청 똥갈보 대들보 내려요
용대가리는 무슨 용대가리여요
대웅전 다 허물어
중들 쫓아버리고 먼지구더기 돼버려요

없는 부처님 당신이 부처여요
욕 잘하는 우리 엄마가 부처여요
우리 모두 다 부처여요
산 부처 담배 한 대
떡치게도 거룩한 부처여요

아니어요
만일 이 세상 떡판에 떡 차고

사람마다 떵떵거리며 잘살아도

기술제휴 물건 많고 많아도

내 권리 도적 안 맞고 잘살아도

극락일지라도

극락일지라도

천하없는 칠보단장 극락일지라도

사람은 날마다 이 세상 바꿔야 해요

암 그래야 해요

이 세상 날마다 뒤바뀌어

막 피어난 연꽃이도록 새로워야 해요

그게 부처여요

하물며 천오백년 머저리중 달달박박 세월이야

물꼬 막혀 썩은 물 잠든 세월이야

연금 며칠

어디 함께 여행이라도 할까요
싫소
내장탕이라도 먹으러 가실까요
싫소
죄송합니다
미안할 것 없소
며칠을 지내는 사이
서로 미운 정 들어
이런저런 간장 된장 얘기도 하다가
한식구 되어
옷 벗어 걸고 함께 자기도 하다가
삼일절 아침
귀빈보다 귀빈인 그들을 세워
우리 함께 만세삼창
목 터져라 불렀어라
참으로 독립만세 불렀어라
삼일절 지난 사일 저녁에는

날개 달고 사라지더라

간 사람 그리울 리 없으나

여기에 남은 건

그들의 안쓰러운 머리카락이나

머리에 바른 포마드 냄새더라

그들에게 준 건 무얼까

진리 내장탕 몇 인분일까

또는 우리 겨레

골고루 햇빛 받는 어느 봄날

병아리 졸음 한 바구닐까

큰 소리로 부끄럽구나

노래를 위하여

이 산 저 산 달래꽃 우르르 피었건만
나야 내 분단국가 두메산골 이른봄을 떠돌이질하다가
그 짓거리도 작대기 던져 작파해버리고
궂은 날 주모 한 년 못 울리는 약장수 짓거리도 작파해버
리고
거기다가 이쁜 딸이나 하나 낳아
눈뜨면 온 세상이 다 초롱초롱한 어린 눈알맹이에
두근대는 가슴까지 빠져들어라
신내려라
신내려라

또 그 짓거리 지렁이 되어 작파해버리고
관훈동거리 속아 산 엉터리 철기시대 쇠꼬챙이로
이 악물고
내 딸년 눈알 뚫어버려라
이 나라꼴 뻔뻔스러운 대낮이건만
날벼락 장님으로 키워보아라

신내려라

신내려라

내 딸년 앞 못 보는 칠흑벼랑 노래 되어

산하 벌판 귀 있거든

이놈의 애간장 타는 노래 들리어라

한자리에 다 몰려올 진짜배기 심봉사들 노래 들리어라

썰매

칼바람 분다 저 건너 땅이 운다 달려가자
얼어붙은 얼음놈들아
아직 물로 돌아갈 때가 아니다
네가 물이 되면
우리는 아울러 빠져죽는다
봄이 온단다
저 건너 땅이 운다 달려가자
칼바람 불어닥쳐도
건너가면 한잔술 볼바심할 데 있다
굳은 손 욱신욱신 녹여줄 봄이 온단다
어느 연놈 우리가 빠져죽기 원하느냐
어느 연놈 늘어붙어
우리가 다 얼어붙기를 원하느냐
저 건너 가면 있다
기다리는 순이가 있다
일송정 노래 부르는 아내가 있다
털벙거지 동만주 독립군의 넋이 있다

네가 낳을 누렁이 새끼 있다

봄이 온단다

두 팔 벌려서 해 뜨는 자유가 있다

봄이 온단다

달려가자

주저앉으면 얼어붙는다

봄이 오면 그냥 가라앉는다

칼바람 채찍 맞으며

죽도록 달려가자

이 강을 건너가면 봄이 온단다

인당수

흰 구름 달려가는 북소리 울려라
몽구미나루 세찬 물결
너와바윗장 뜯어내어라
이팔청춘 아가씨야
인당수 짙푸르더라
아비 눈뜨는 공양미 삼백 석
그런 놈의 공양미 아니어라
목구멍 거미줄 걷어내고
하얀 이밥 한 그릇의 꿈이어라
매야 매야
성날수록 네 발톱 감추어라
아리따운 아가씨야
쌀 삼백 석에 몸 던진 아가씨야
네 몸이 저승이어라
네 몸이 용궁이어라
네 몸이 바다 위 연꽃이어라
네 몸이 매 떠오른 하늘이어라

네 몸이 아비의 눈이어라

새 세상 가득 찬 새 눈이어라

싸우는 아가씨야

몸 하나로 죽어서

쌀과 임금과 싸우는 아가씨야

치마폭 쓰고 해진 바다에

네 몸 던져

네 몸이 몽구미나루 북소리여라

소용돌이치는 싸낙배기 물결이어라

그 물결 속의 끝없는 조기떼여라

온 백성 연장 들고 달려가는 싸움터여라

매야 매야

이팔청춘 물귀신 된 아가씨야

수령방백 모가지 할퀴는 아가씨야

밤샘

그들은 새벽까지 얘기한다
차일 밖 화톳불 식었으나
소주잔 놓고
담배꽁초 널리면서
멍석바닥 엉덩이도 아프면서
그들은 새벽까지 얘기한다
이래서는 안되겠다고
이래서는 안되겠다고
몇 번이나 참담게 얘기한다
지난해 보카사 황제 즉위식을 얘기한다
이용희라는 장관 거기에 참석했다 이거야
배추 한 포기에 글쎄 2천원이야
안양교도소 뺑키통도 얘기한다
얘기하며 하나가 된다
최저임금제 눈감고 아웅이야
그래도 구조주의 얘기하는 것들보다
바슐라른가 쥐자른가 얘기하는 것들보다

이대 박물관에 걸린

임정 태극기 얘기가 옳고말고

이멜닷년 수상 승계권도 얘기한다

카터 땅콩 수입도

베이비 푸드 수입도 얘기한다

냉전시대는 언제나 끝난다지

요즘 세상 돌아가는 것 어질어질해

그들은 독도 영해권도 얘기한다

TB인가 TV인가 탈렌트 계집들도 얘기한다

새벽녘이다 모든 얘기 쓰디쓰구나

담배맛도 쓰디쓰구나

그들은 하나둘 쓰러졌다

쓰러지자마자 코고는 놈도

머리만 질끈거려 잠 못 자는 놈도 있지

화톳불도 식었구나

소주병 빈 병

먼 바다는 더 멀리 가버렸구나
그들은 아무 얘기도 할 수 없다
새벽하늘만 푸르딩딩 쏟아지겠구나

그때다 방안 병풍 뒤
홑이불에 덮이 송장 벌떡 일어나
툇마루로 마당으로 어정어정 나온다

병신과 머저리들!
숫제 조동아리 뿐이로구나
달려갈 깃발 하나 없이
제 몸뚱이 애지중지
제 재산 애고애고
네꾸다이 매고 와이샤쓰 입었구나
조동아리뿐이구나

지도놀이

아가 이게 우리나라란다
중국보다 작지?
그래 여기 이 대만보다는 크다
여기가 우리 사는 동네지
그래 서울이란다
그래 그래 우리 아가
다섯살배기 우리 손녀 순이네 동네지
당산동? 그런 건 그냥 서울이라고만 되었구나
동네까지 넣으려면 벅찰 테니
참 이쯤은 추석 때 우리 순이도 다녀온 데야
할머니 자는 데 말이야
그래 충청남도 홍성이지
여기에는 안 적혀 있구나
서울보다 쬐그마해서 그래

아가 여기는 평양이란다
그래 아직 못 가는 데야

대동강이란 큰 강이 있다

이게 그 강이야

그래 할아버지는 옛적에 가봤다

거기 가서 달밤에 술도 냉면도 먹었다

그렇지 이 할애비는 맨날 술타령이지

잘못했구나

할머니도 없고 이런 데도 못 가니

심심해서 그런단다

그럼 여기서도 우리 동포 살지

우리 말 하고 우리 옷 입고 살지

그래 평양사람 서울에 못 온단다

서로 그렇지

그러나 내일 모레나 언제나

꼭 오고 가고 한나라 된다

되구말구 암 그렇구말구

여기가 압록강이다

뗏목 사공 노래 밤새도록 들렸지

저 멀리 높은 곳 백두산에서

나무 베어 뗏목으로 떠내려오지

그러면 여기 이 신의주 제재소에서 건져가지

여기는 묘향산이다

천리도 단숨에 달린다는 범이 산단다

밤에는 범 눈뜨면 환해진단다

어흥어흥 울면

우리 아가 순이도 울음 뚝딱 그치지

여기는 두만강이다

그래 아빠가 술 취하면 부르는 노래

두만강 푸른 물에가 여기란다

아빠는 술 마시고 그 노래 부르지만

옛날에는 독립군이 싸움터 가며 불렀단다

독립군이 뭐냐고

그건 왜놈한테 빼앗긴 나라 되찾는 군대야

옛날 옛적

왜놈들이 우리 땅 다 삼켰을 때

쫓기고 쫓겨 이 강을 건넜단다

건넛마을 삼만이네 증조할아버지도 건너갔지

그래 북간도란다

여기가 우리 조상 옛땅이란다

북간도 가서 논밭 일궈 살았지

거기서 독립운동 했지

안중근의사 이등박문이 쏴 죽이는 연습도 했지

총 가지고 말도 타고

왜놈 군대 쳐부수기도 했지

밭에서 일하다가도 총 들고 싸웠단다

아가 여기가 원산이다

해당화 핀 모래밭이 좋지

그럼 그렇고말고

할아버지도 가봤지

그래

네가 그렇게 물어볼 줄 알았구나

여기도 평양처럼 못 간다

왜 못 가느냐고

두 동강 허리가 잘렸으니 못 간다

이때껏 서로 으르렁대고만 있단다

그래 꼭 가야 하고말고

그래 꼭 와야 하고말고

그렇구말구 꼭 하나가 되어야지

네가 옳다

우리 손녀 순이야

너는 커서 평양 총각한테 시집가야지

할아버지도 그때까지 살면

너 사는 집 가봐야지

옛날 옛적 술도 마시고 냉면도 먹어봐야지

그래 남북통일이 바로 그거란다 그거

아가 이렇게 작은 나라지만

중국보다 왜놈보다 월남보다
호주보다 태평양보다 작지만
통일되면 우리는 제일 힘있지
아가 아가 너는 꼭 평양으로 시집가야지

제3부

소리

고요한 이여
개돼지 맞아죽은 고요 버리고
이 참담한 날
서너 마당 덧뵈기 원한으로 부르짖어라

앞 벼랑 가로막아
그 소리
밤새도록 성난 메아리쳐라

고요한 이여
이제 고요 천년 머슴살이 때려치우고
이 썩은 고요 옴탈잡이
다 삼켜서
여름해 긴긴 날
신소리 뻐꾸기라도 되어보아라

아니 고요한 이여

빈 산 무너지며 부르짖어라

빈 벌판 산이 되며 부르짖어라

우리 가슴

불덩어리 평화 쏟아 부르짖어라

고요한 이여

우리 소리 오늘이어라 메아리쳐라

소식

바람아 전해다오
내 주검 눈보라치는 철령벌판에 묻혔다고
남으로 남으로 가거든
내 누이 회오리쳐
내 누이 공중으로 떠올려 전해다오
살아서 돌아간다면
내가 치켜올려 기뻐하듯이
바람아
만릿길 가죽안장 같은 바람아
너를 타고 달려가 기뻐하듯이
오빠는 싸우다가 죽었다고
죽어서 눈보라에 묻혔다고 전해다오
저 멀리 첩첩 산등성이
어느 골짜기에 까마귀 소리 들리느냐
어서 와서 내 주검 찍어먹어라
바람아
벗들에게 전해다오

우리들 죽어가면서 달려갔다고

싸우다가 죽었다고

자랑스러웠다고 전해다오

바람아 또 전해다오

죽어가면서 고향 동산 보았다고

겨레에게 전해다오

눈보라치는 철령벌판에도 봄이 온다고

겨레의 땅에 꽃이 핀다고

가슴 두근거리며 사랑한다고 전해다오

쓰러진 적군까지 사랑한다고 전해다오

내 누이 내 벗 내 겨레인 바람아

만세소리

천구백십구년 가을이라 마산땅 지게꾼 하나이 잡혔것다
일본 순사 칼 꽂은 총 대고
그 지게꾼 꼬라! 꼬라! 몰고 갔것다
개머리판으로 실컷 맞아 제법 피도 낭자하였것다
어디로 갔느냐 허이면
바보는 고사허고 언청이 곰배팔이 각설이
십년 묵은 문둥이도 알것다
방금 쏘옥 귀빠진 열달짜리도 알것다
거기가 어디냐 허이면 주재소라 이것이드라고
지게작대기 팽개쳐지고
쇠창살 안에 철거덕 갇혀버렸것다
중천에 달 떠도 그놈으 유치장이야
캄캄절벽이렸다
그때에 난데없이 만세소리가 터져나왔것다
독립만세!
독립만세!
일본 순사 졸음 꾸뻑꾸뻑하다가 깜짝 놀랐것다

단번에 쇠 끌러

지게꾼 잡아다가 이리 패고 저리 패고

발길로 차려무나 몽둥이로 치려무나 혀도

지게꾼 피를 토하며

만세소리 걷잡지 못하였것다

땀 뻘뻘 흘리다가 패고 차고 치고 달기에 지친

순사나리

이놈아노 으쩐 일노노 만세노 소리

자꾸자꾸노 터져나오노

여기노 잡혀온 것도노

네놈이노 장바닥에서도 만세 부른 때문이노

아니노 허고 통사정으로 물었것다

지게꾼 피 흘리며 사지 욱신욱신거리며

퉁방울눈 뜨고 입 다물어 한일자 되었것다

순사 다시 한번 통사정허기럴

이놈아노 기사마노 자꾸도 만세소리 들리며노

우리 상관이노 내 모가지 이거라노

그러나 지게꾼 또다시 만세소리 터졌것다

만세!

만세!

만세소리 지게꾼 이번에는 찰떡 치는 메만헌 대몽둥이로

철부덕 철부덕 맞았것다

그래도 아이쿠! 아이쿠! 대신 만세소리는 기절초풍 터져

나왔것다

순사 두 손 비벼 통사정으로

제발이노 만세노 부르지노 말 것이노

그러허나 매맞아 죽어가는 지게꾼 가로사대

내 뱃속에 만세소리 가득하여

맞으면 맞을수록

때리면 때릴수록 만세가 터져나온다 아닙니꺼.

행복

늘 어제보다 오늘이 찬란하다
그동안 떠돌며 몰랐던 것 하나하나 알다가
오 이 나라에 태어난 것
앞산 보며 감사한다
내 목매달릴지라도
동지섣달 눈보랏날
목매달려 대롱대롱 동태가 될지라도
이 나라에 태어나서 죽는 것 감사하리라

범

태백산맥 두메마을 찾아갔더니

허위허위 찾아갔더니

날 저물어

화전밭 너와집에 하룻밤 잘 때

할아버지와 열여섯살 처녀 살고 있더라

눈물겹게도 잘살고 있더라

때로는 멧돼지도 곰도 와서

심심찮다고 말하며 살고 있더라

서속밥 한 덩어리 물말아먹고

이런 얘기 저런 얘기 하는 동안

처녀는 해묵은 수틀에 수를 놓더라

시집갈 때 가지고 갈 베갯잇 수라 하여

한복판 시뻘건 동그라미가

차츰차츰 밝아지며 황금둘레 이루더니

범이어요 범의 눈깔이어요

시집가면 범 같은 사내 맞을 거여요

겨우 부귀다담 수복강녕 베개만 보다가

내 눈 번쩍 떠 새로운 밤이더라

밤새도록 산골짜기 범 우짖는 소리에

열여섯살 처녀 가슴 일렁이더라

나 같은 건 목메어 처음 보는 사랑이더라

아주머니

갯가에 나가
하루 내내
기다렸다가
주먹밥 하나 못 얻어먹고
기다렸다가
저녁나절 조깃배 들어와서야
조기 한 광주리 사서 이고
밤길 팔십 리
앞서거니 뒤서거니
은율 읍내 다다라
아침이어라
아주머니
조기 한 마리 얼마여요

어린이 학교

오랜만에 어린이 학교에 가서
공 차고 사다리 오르고
줄넘기하는 어린이들을 보고
그 마당 가득하게
내 가슴 가득하게
우리네 희망은 거기뿐이다

딱 한번 죽고 싶구나

웃음에 대하여

친구여 웃지 말자
아직까지는 굳센 슬픔이 우리 것이다
비바람 속에서 웃지 않듯이
캄캄한 밤길에서 웃지 않듯이
고비사막 헤매다가
설미치기 전에는 웃지 않듯이
오늘의 삶으로 웃지 말자
두 눈 부릅뜨고
두 주먹 불끈 쥐고
한잔술 칼이 되어
가슴속 검은 피 가득 채우자

먼 훗날 아니
먼 훗날 같은 내일에나
북악이 떠내려가도록
우리 껴안고 실컷 울부짖다가
그러다가

쓸쓸히 쓸쓸히

가슴속에 잔물결 미소를 담자

아니 내일 백병전 싸움터에서

죽어가면서 비로소 웃자

친구여

고향

이미 우리에게는
태어난 곳이 고향이 아니다
자란 곳이 고향이 아니다
산과 들 달려오는
우리 역사가 고향이다

그리하여 바람 찬 날
우리가 쓰러질 곳
그곳이 고향이다

우리여 우리여
모두 다 그 고향으로 가자
어머니가 기다린다
어머니인 역사가 기다린다
그 고향으로 가자

자화상

일본놈들의 드넓은 논에 가서
줄모 심어주고
점심때 주먹밥 한 덩어리 얻어먹었다
일본놈보다 더 일본놈인
우리 동네 천석꾼 지주네 밭에 가서
어머니는 날마다
땡볕에 김매주고 돌아왔다
등잔불 석유도 없이
아버지는 소작료로 공출로
지푸라기만 쌓인 마당을 떠나
이놈의 머슴살이 때려치우고
대바구리 어깨에 멘 채
홍성장 대천장으로 울음도 없이 건너갔다
내 이름은 다까바야시 도라노스께였다

조상대대 되놈 원놈한테 마찬가지였음을
나는 나이 먹을수록 깨달았다

천번이나 그놈들 쳐들어온 역사 깨달았다

낮으로 밤으로 반만년 긴긴 세월

우리는 그냥 식민지 사람이었다

우리는 그냥 식민지 사람이었다

그러나 긴긴 세월

우리는 우리 역사 찾아온 사람이다

계수나무 찍어다가

썩은 옥수수죽 먹으며

초가삼간 쑥대머리 지붕으로

밀기울 쪄먹으며

허기져서 밤중에 찬물 먹으며

베잠방이 하나로 앞을 가리고

우리는 우리 겨레를 이루어온 쓰라림이다

이제 다시 식민지일지라도

늑대 살쾡이 여우 날뛰더라도

우리는 언제까지나 우리 배뱅이굿

억울하도록 억울하도록 찾는 사람이다

내일 모레 우리가 죽어서라도
진리는 우리 역사 해방일 뿐
머슴살이 아버지 무덤에 바칠
진리는 우리 겨레 해방일 뿐
내 몸 엠병으로 부글부글 끓는다
왜놈 귀신 썩 물러가라
되놈 양놈 썩 물러가라
우리 할머니 잔밥 먹고
썩 썩 물러가거라

가시리

달밤 휘영청하누나
대숲머리 대나무
지게작대기
지게작대기
활 되어 휘누나
마을 복판 큰마당
품앗이 보리바심도
자발떨이 들깨털이도
다 지나 가을밤이라
이 집 저 집
아낙 나오고
붉은 댕기 시악시 나와
보름달 아이 배다가
그믐같이 눈멀다가
덩실덩실 춤추누나
가시리 가시리잇고
가시리 가시리잇고

덩실덩실 춤추누나
네 것 내 것 어디 있나
우리 마당 큰마당에
네 것 내 것 다 버리고
우리 한 무리 춤추누나
달도 별도 내려오고
외양간 쉬파리 소도
발굴러 춤추누나
남정네 벌떡 일어나
큰마당으로 슬금슬금
춤 올라 모여드니
여보시오 보름달아
우리가 무엇이오
네 것 내 것 다 버리면
그 아니 우리인가
우리 다 휘영청하니

달밤 휘영청하누나
가시리잇고
가시리잇고
즈믄 해 시름 두고
요내 가슴 밀물 때라
먼 바다 물울음 소리
그 아니 우리인가
우리 마당 휘영청하누나
가시리잇고
가시리잇고

오늘

어제보다 오늘이 낫다고 살아왔구나
애비대대 탈바가지 불지르지 못하고 살아왔구나
동아시아 비바람 속에서
두메산골 삼거리 솟대 서 있고
그 솟대꼭지 나무새 날지 못하고
비바람에 삭아서 울지도 못하는구나
부끄러운 오늘이여
부끄러운 오늘이여
내 얼굴 칼자국으로 칼도 못 맞은 오늘이여
내일은 어디 가서 목쉰 쉰바리 말뚝이 되랴
오늘이여 차라리 비바람일지라도
비바람이 나일지라도
오늘보다 내일이 낫다고
어디 가서 먹구름 때려잡아
내 각시 작은이 빈 배 채우랴
대보름날 휘영청 빈 배 채우랴

어린 바우에게 2

너 열다섯살짜리 돌아가는 밤길이건만
너에게는 기다리는 누나도 없더라
하늘에야 별도 많고 너에게는 별도 없더라
어둔 길 상계동 사글세 든 오막살이
벙어리로 닫힌 송판때기 문짝뿐이더라

네 새벽길 울음 웃음 다 버린 바람뿐이리라
엑스란 한 벌 없이 네 몸뚱이 엑스란 삼고
너에게 달려오는 건
칼바람뿐이더라
칼바람뿐이더라

점심때 풀빵 열 개에 헛배 부르고
온갖 생각 꿀컥 삼켜서
하루 내내 열두 시간 기나긴 일뿐이더라
산홍아 너만 가고 일뿐이더라
돈벌어서 돌아가자던 서울역 꿈 버리고

청계천 봉제공장 어둑어둑 먼지뿐이더라

바우야 쩡! 얼음 찬 어제와 오늘
네 쓰라린 바윗속 가슴뿐이더라
어쩔 수 없이
어쩔 수 없이
타국땅 서울거리 패티김 거리
바우야 너 돌아가는 길 바위 우는 어둠뿐이더라

* 「어린 바우에게 1」은 사정상 싣지 않음.

장시(長詩)

갯비나리

머리마당

하늘아 내 텅 빈 가슴 열어제쳐 너를 부른다.

벌거숭이 황토 산무더기 산무더기들아
내 팔다리 찢어서 열두 고을로 너를 부른다

너를 부른다
너를 부른다
배뱅이굿 잔 소나무야
저문 날 으악새야
우리 살아온 땅 우리 땅 위의 역사야
우리 세월 연기 되어
우리 무덤 피 자고 눈물 자는 흙 한줌에도
아리랑 쓰리랑 우리 역사야
우리 가슴 헐떡이는 달음박질 파묻은 역사야
이놈에게 빼앗기고

저놈에게 짓밟히고

울며불며 쓰라린 춤추어온 역사야

너를 부른다

칠팔월 해일 같은 짙푸른 원한 두고 너를 부른다

산너머

산너머

태곳적 화산불의 진노를 두고 부른다

큰 들 작은 들 우르르 달려가는 싸움터 두고 너를 부른다

눈먼 듯 순한 백성 괴적삼 입고

한밤중 호랑이 되어

먹그믐밤 휘몰이 비바람 되어

역사야 너를 부른다

사물 굿판 징이 되고

먹그믐밤 횃불 되고

우르르 쾅! 벼락 되어 부른다

너를 부른다

주린 배 보름달 밤

캄캄하게 너를 부른다

아니어라 무명타래 누이 되어

물레 돌며 너를 부른다

늙은 에미 쭈그렁이 동네방네 벙어리 되어

삼월 동산 진달래 되어

아지랑이 소경 되어 허기진 밤으로 너를 부른다

너를 부른다

너를 부른다

그러나 우리 산 우리 물이

빈 산으로

빈 바다으로

부황나 죽은 고요

콩알 팥알 부황눈곱 대롱거리는 고요

개돼지 맞아죽은 고요

처녀 심청이 인당수 빠져죽은 고요로

너를 부른다

하늘아

땅아

쓰러진 임아

너를 부른다

어제 오늘도 내일에도 기다리며 너를 부른다

우리의 꿈 우리 사랑 꼭 채워서 너를 부른다

주리고 헐벗은 배에 한끼 밥 고봉 꿈으로

너를 부른다

하늘아 대답하라

땅덩어리도

눈보라 바다조차도

쓰러진 임

우리 역사야 일어서서 대답하라

일만귀신 일어나라 몽달귀신 달걀귀신 빗자루귀신 일어

나라

　석탄백탄 애간장귀신

　우리 조상 못 먹은 귀신

　우리 겨레 한덩어리로

　한덩어리 붉은 넋으로 두 발 디디고 일어나라

　녹두야 백성아 일어나라

　밤 닷새 낮 닷새 너호너호 동무들아

　금자등아 은자등아

　우리 역사 마디마디 맺힌 원한 어서 속히 일어나라

　모든 풀 일어나라

　질경이 독새풀 상수리나무 일어나라

　모든 짐승 일어나라

　땅속의 지렁이도 참외밭의 고슴도치도

　어서 속히 일어나라

　무너진 산 일어나서 다시 천길 벼랑 아스라이 일어나라

샛바람친다 파도친다

모두 일어나 바람 타고 매도 되고 수리도 되어

우리 백성 외치는 소리에

말 달린다 소 달린다

들고양이도 까마귀떼도 소리치며 내달린다

우여우여 새 쫓는 소리, 일자 한자 장타령소리

맺고 풀고 판소리, 빈 그릇 포개는 소리

어느 소린들 안 거룩하랴

소리 있어라

소리 있어라

소리 없으면 두 눈알맹이 황토흙 들어간다

하늘아 대지야 만경창파 저문 밀물아

우리 역사야

우리 겨레야

코척상 소반머리

정화수 반 그릇 떠다놓고
이 악물고 비나리한다
억수 비바람 비나리한다
갯가 백성 흰 무명옷 베잠방이 옷고름 풀어
두 손바닥 뭉둥이 되게 비바람으로 비나리한다.

첫째마당

바람받이 장산바다 배 사냥 영락없는 그 바다뿐 아닐러라
납덩어리 연평바다 불러도 대답 없는 아랫녘 칠산바다
내 바다 네 바다에 칼 꽂아 원통하여라
푸르딩딩 바다가 하늘 되고 푸르딩딩 하늘이 바다 되어
폭풍우 폭풍설 몰아칠 제, 아홉 자 파도 고래등으로
우리 서방 주남빗배 잎새인 듯 파묻히다가
다시 물 위에 꼭두로 솟다가
되놈 왜놈 세 폭 돛배 삼층짜리 네 폭 돛배 해적무리 흑
룡배한테

달려가거라

달려가거라

어기영차 어기영차

화폿소리 물기둥에도 용과 호랑이 목숨 걸고

우아차 달려가거라

이놈이렷다

저놈이렷다

고마무리 자손답게 요하벌판 바람인 듯 고마산중 메아리
인 듯

장백산 태백산 줄기 한걸음에 내달리는 칡범인 듯 달려
가거라

달려가거라

달려가거라

하늘과 땅 내 바다가 싸움터 아닌 데 어디 있으랴

달려가서 세 놈 네 놈 아홉 놈까지 수장 지내고

화승총 납탄 세 방 네 방 맞아 쓰러졌느냐

우리 서방 정든 서방

만경창파에 쓰러졌느냐

녹성군이 화났느냐

북망이 따로 있나 죽일 년 파도이랑 거기도 북망이냐

용궁길 깊은 바닥 청유리 황유리 고기밥이 되었느냐

용왕님 비단장삼 그 장삼이 웬말이냐

지어미 애간장 두고

이 팔자 저 팔자 두고

이팝 한 그릇 평생 소원

어디다 내던지고

햇솜이불 평생 소원

갈자리 아랫목 두고

피 한 덩어리 살 한 덩어리

우리 자식 한 놈 두고

쑥대 우거진 지붕 두고

쑥대머리 귀신형용 어느 파도에 잠겼느냐

울음 없어라

울음 없어라

차라리 가문 가슴

나올 울음 먹어야 한다

울음 없어라

울음 없어라

울음으로나 배불러라

울음으로나 사랑일러라

동지 팥죽도 못 먹고 떠난 서방 춘삼월 다 가도록

우리 서방 오는 갯벌 저물어도 갈매기여라

갈매기가 서방이랴

서방이 갈매기랴

여기도 저기도 서방이랴

돌아오는 흥얼흥얼 콧노래 씨도 없다

여보 여보 어디 있소

죽었으면 넋으로 나와 내 모가지 졸라주소

잡혀가서 산동땅의 족쇄발로 살았다면
왜놈땅 썩은 장국 병이라도 들었다면
기나긴 밤 선잠꿈에
나 왔소 나 왔소 현몽하소
말꼬리 휘둘러서 이내몸에 채찍쳐서
채찍 같은 햇살 꽂아 부디부디 현몽하소
울음 없어라
울음 없어라
눈감아도 파도무덤 눈을 떠도 밤바다여라
차라리 울음 없어라

뭍에서는 뱃주인놈 동지벼슬 풍헌놈 아전놈한테 다 빼앗
기고
대낮 몰매로 살이 찌다가
바다 나가면 되놈 왜놈 노랑내 양놈한테
화승포 화폿소리 그 불덩어리와 싸우느라
성근그물 뷘그물 열두번 못 던지고 돌아오는 빈 배 안에

저놈의 무정한 달빛이나 한 배 가득 실어오랴
그러다가 깊이깊이 바다 밖으로 나간 서방
오늘밤 안 오는 서방 기다림으로 서방 된다.
울음 없어라
울음 없어라

초저녁 초생달이 밤중에 녹아버리고
어둠캄캄 밀물울음
철썩철썩 고함질러라
그 울음 사립짝까지 밀려오는 새벽녘이 다 새어도 새고
지고
한 홰 두 홰 닭울음소리 한 마리도 닭이 없어 안 들리니
내 귓속에 서방이어라
여보 여보 어디 있소
죽었으면 넋으로 와서 내 뱃속 빈 순대에 가득하게 들어
오소

밤마다 새벽마다 때 안 거르고 석달 열흘

코척상 찬물 반 그릇 갯가 바위 비나리언만

우리 서방 올 리 없이 여보 여보 어서 오소

낮이면 썰물 이중밀물 그 자취에 나가보니

저 건너 황금섬까지 길이 날 제 여보 여보

조개 보면 조개가 서방

고둥 캐다가 우리 서방

밀물 오는 줄 모르도록 깜빡 졸음 버릇들어라

우리 자식 갯놈이야, 열다섯살로 그물 짜고

거룻배 낚배 잘도 저어 삐걱삐걱 노 젓는 소리

저 멀리 새섬 너머 머나먼 배래까지도

달려가거라

달려가거라

죽은 아비 찾아가는 길 혼자 가서 둘이 오너라

둘이 오고 셋이 오고 죽은 아비들 돌아오너라

수평선 희끗희끗 일만 겨레 무더기로 구름떼에 비쳐오
너라

억눌리고 주린 백성 깃발 들고 쇠뭉치 들고
백만 겨레 백만 군사로 우르르르 몰려오너라

밤이 오면 밤 무서워라
낮이 오면 낮 무서워라
밤에는 서방 그리워 비나리로 손이 닳고
낮에는 갯바위언덕 쑥 캐고 조개 캐어
주린 배에 소금 한줌 산 채로 간 절인다
여보 여보 어디 있소
북망도 뒷산인데 어디 가서 머리칼 한 오라기
안 보내고 대답 없소
조개껍질 깨물어도
조개무덤 허물어도 우리 서방 자취 없어라
어느날 어느시에 우리 서방 돌아오랴
멀리 멀리 큰 배 오니
저 배에 우리 서방 행여나 탔단 말가
죽어서도 가슴 가득히

그 모습 차오르건만
우리 서방 긴가민가 기다리는 마음에는
어느 시러베 사내놈도 내 가슴 태운 서방인 듯
여보 여보 어서 오소 내 가슴에 어서 오소

그러다가 딱따구리 휘파람소리에 서너 놈이 뛰쳐와서
동네 색시 아낙까지 너도나도 다 잡혀서
삼시간에 아우성이어라
치마폭 벗겨져서 두 다리 쌍돛대로 바둥대고 울부짖다가
그놈들의 선창 신세 먹밤의 어둠이라
뱃바닥 파도소리뿐 어디로 가는지 몰랐어라
여보 여보 어디 있소
팔대신장 우렁찬 서방
어서 와서 나 데려가소
잡힌 신세 이내 신세 왜놈 되놈 종년 되었소
마구잡이 짐승놈들 발가벗겨 가래 찢었소
여보 여보 어디 있소

96

차라리 원수여라 우리 서방 어디 있소

목마를 때 짠물 한 모금도

울먹울먹 한숨 쉴 제

그 숨결 한동안도

이놈저놈 발길에 채어도 그 발길질에 가슴 하나로

우리 서방 믿다 그립다

원한으로 그리워라

낯선 땅 예 어디랴 서방만한 바다 보여라

서방만한 하늘 보여라

내가 죽어 넋으로도 다하지 못할 우리 서방 어서 썩 보여져라

이 쌍눈에 흙 들어가기 전

안 보이면 하늘에 대고

욕을 퍼붓다 죽으리라

어느 놈의 땅에 대고

욕 퍼붓다가 죽으리라

한 발 두 발 빼어내어 혓바닥 깨물어 죽으리라

여보 여보 어디 있소
우리 서방 어디 있소
우리 자식 우리 고향 갯바닥이 어디 있소
머나먼 낯선 땅에 핫어미도 홀어미 되어라
삼사밋길 어느 길도 고향길 아니건만
오는 파도 가는 파도 고향길 아니건만
눈감으면 천리 밖이 한울타리 이웃이어라
울음 없어라
울음 없어라

둘째마당

꽉 막힌 바다련만 갈매기 날아 탁 트인다
갈매기뿐 아니어라
헛귀 뚫려 온갖 새 울음
후루룩 벅궁
꺽 푸드득

숙궁 솟적다

떵그렁 비비죽

부러귀 가부락갑죽

으흥접동 파도접동

안갯날 바다안개 캄캄한 새벽에도

접동접동 철썩접동 잔파도 서러워라

열다섯살 어린 자식 갯놈 하나 남겨져서

애비 에미 다 빼앗기고 울고불고 자라면서

어린 자식 이를 갈며 치뜨는 눈빛 피범벅이다

애비 에미 계실 제는 어린 뿐새 못 벗다가

저 혼자 살아 남으니 아홉 자 장정 비길레라

우리 애비 우리 에미

어느 놈의 아가리가 바다 복판 아가리가

송두리째 짝짝으로 한채 되어 다 삼켰느냐

이놈들아

이놈들아

하늘놈아

산천놈아

상감이란 상감놈아

황금섬 다 가라앉아 파도로 대답하라

우리 애비 상투라도 내놓고 가라앉아라

내 주먹 으르르 운다

내 다리 부르르 떤다

몸부림쳐 그리워라

파도야 파도야 대답하라

일만귀신 수중고혼 칠월백중 아니어도

온 세상 다 갖춰서

온 귀신으로 대답하라

에미 비나리 그대로 이어

삐그덕 코척상에 찬물 한 사발 떠다놓고

아전놈의 개밥그릇보다 지지리도 못난 사발에

붉은 뜻 타는 넋을 꼭꼭 담아 비나리하여라

애비야

에미야

샛바람에 출렁이는 물 한 그릇이 바다여라

물 한 그릇이 바다여라

갯벌바닥 비나리가 장산바다 연평바다 온 바다 파도여라

어느 놈 육실헐 놈에 두 손 모아 빌겠느냐

내 비나리가 파도여라

물 한 그릇이 큰 바다

갯놈 아들 바다여라

애비야

에미야

내가 세상이어라

내가 하늘과 바다여라

어느 불한당 내 임자랴

하늘 아래 내가 임자다

갯비나리 물 한 그릇 박차버리고 달려가듯이

바다 복판 둥둥 떠서 어린 몸 목숨 걸고

갯비나리 핏비나리여라

애비야

에미야

어디 있소

이 자식 어린 자식 혼자 두고 비나리 받으랴

밤새도록 밀물 들어 물창 때가 썰물 될 제

갯벌밭 농바리떼 이리저리 헤매일 제

빌다 빌다가

빌다 빌다가

소경이 뜬눈 되고

뜬눈이 봉사 되게 빌다가 조는 동안

캄캄먹밤 꿈속에서

그리운 우리 에미 화경눈 되어 바다 위로 달려온다

그리운 그리운 우리 애비 말갈기 찢으며 달려온다

에미야

에미야

애비야

에미야

어린 자식도 바다로 달려가 파도떼를 뛰어넘어

곤두박질로 달려가서

세 식구 얼싸안다가

깨어보니 허망할손 꿈 한바탕에 바람뿐이어라

세찬 바람 사나운 바람일 뿐 아니어라 지랄이어라

꿈도 무엇도 아니어라

어린 몸 덜덜 떨고 사립문짝 날아가고 싸리울 내팽개쳐지고

지붕 쑥대 우르르 울고

뒤안 기둥 나자빠지고

새벽 먼동 짝 찢어질 제

온갖 세상 또 열린다

괴로운 세상

아픈 세상

성난 세상 또 열린다

어린 자식 갯놈 혼자 울어라 허공이여 울어라 허공이여

새벽바람에 풀 쓰러지고

당산나무도 작살나고

돌멩이도 핑핑 날아 빈 장광 옹기 깨는데

그 바람 속에 달려나가

어린 갯놈 달려나가

두 눈 부릅뜨고

큰 그물 갈치그물 움켜잡고 울부짖어라

저 물레 파도는 뉘 파도

저 물레 파도는 왜 파도

저 물레 파도는 뉘 파도

저 물레 파도는 되 파도

저 물레 파도는 뉘 파도

저 물레 파도는 노랑내 양놈의 파도라

파도 하나 물레 되어 돌고 돌아

실타래 굽이굽이

우리 겨레 결박하고 꽁꽁 묶어서 빼앗아간다

때리고 물 부어 닦달하고 포승줄로 엮어 간다

애비야

에미야

애비야

애비야

우리 역사 몇천년아

지지리 못난 할애비 애비야

쑥굴헝에 빠져서도

소리 하나 안 지른 애비야

하늘 바다 맞물린 끝 아득한 끝에 내 눈 있으면

아침해 떠서 아름답건만

못 먹고 못 입은 어린 갯놈

망둥이 한두 마리 장 찍어 배에 담고

원한 한 구럭 삼키고 나서

그 원한으로 배불러라

노 젓는 팔뚝 세모꼴 살점 어느 용이 노하여라

용트림으로 진노하라

몸서리로 진노하라

넋서리로 진노하라

용이 아니라면 무쇠낯짝으로 철천지원수로 진노하라

애비 이어 뱃놈 되니 노 저어 돛 올리고

삿대 들어 벌거숭이 내 바다를 달려가라

달려가라

달려가라

잠긴 그물 퍼올리며

내 애비 고기잡이요 내 할애비 고기잡이요

내 할애비 할애비도 붉은 가슴 쩍 벌어진

바다 쳐죽인 고기잡이다

고래 찍어 산을 올린 고래바위 고기잡이다

저 물레 파도 뉘 파도

저 물레 파도 왜 파도

저 파도가 왜놈이다

저 파도가 되놈이다

저 파도가 양놈이다

저 파도가 그놈이다 그놈의 앞잡이다

저 파도가 나 혼자 사는 놈 그놈의 후레새끼다

달려가라

달려가라

달려가서 저놈들 철릭 때려부수고

우리 겨레 따뜻한 동산 할미꽃에 나비 놀고

철쭉 아래 도마뱀 논다

어기영차

어기영차

어기영차

어기영차

그물 올리니 고기 가득 뱃전이 기우뚱한다

이 고기 골고루 너도 먹고 나도 먹고

이웃마을 이웃고을 아니아니 온 겨레가

한덩어리로 웃음 지어라

배 가득 기쁨 가득 돌아올 제 파도와 싸워
왜놈 되놈 양놈 해적과 목숨 걸어
싸워 이겨서
밤배로 돌아오면
칠흑 밤중 횃불 도와 뱃주인놈이 다 빼앗으니
그놈과도 싸워서 이겨라
그놈 상전 썩은 상전 그놈과도 싸워서 이겨라
그놈의 상감 외약다리 휘감아서 내던져라
그놈들 가죽 쌩으로 벗겨 각떠서 내걸어라
역사 바뀌어라
역사 바뀌어서
저 파도가 새 파도다
저 파도가 새 세상 파도다

못 이기면 껍데기여라

못 이기면 종년이어라

못 이기면 네 목을 쳐라

이기느냐 죽느냐에 네 사생 달려 있다

펄펄 뛰는 핏덩어리 네 염통으로 싸워서 이겨라

못 이기면 네 염통 찔러라

못 이기면 땅 꺼져라

셋째마당

봄이 오면 뱀 나오고 치마폭에도 바람 들고

죽은 것들 저마다 땅거미지듯 살아나니

온갖 삶 제 자랑이어라

제 자랑 거룩하여라

제 자랑 거룩하여라

메마른 산과 물도 푸릇푸릇 살아나건만

이런 고장 갯마을 사람 봄놀이가 무슨 육갑

바다마름 건져다가

나문재 뜯어다가

겨우겨우 머슴트림 무트림 연명한다

그러다가 날받아서 대린 입성 펼쳐 입고

갯비나리 당굿 차리니 삼과인들 제대로일쏜가

마을의 으뜸 이쁜이 사흘 낮밤 밥 먹여서

청정하게 목욕재계 신옷 입고 나온 모습

어느 춘향이 견주어대랴

아으 어여쁘셔라

아으 어여쁘셔라

물귀신 넋 다 부르고

신춤 한바탕으로

용왕님도 시왕님도 다 불러 모셔다가

죽은 애비

죽은 에미

죽은 자식 다 불러대고

할애비 할애비 넋도 다 불러서 춤추어라

일만귀신 겨레귀신 다 불러서 춤추어라

우리 역사 다 불러서

갯바위 벼랑 끝에 올려놓고 춤추어라

우리 바다

우리 구름

우리 하늘 미릿내 별놈들도 다 불러서 춤추어라

얼씨구 얼씨구 덩더꿍

처녀 당굿 춤을 추니

밤아 낮이거라

밤아 낮이거라

일만귀신에 일만햇불도 덩실덩실 춤추어라

햇불세상 이루어라

모든 어둠 다 삼키고

햇불세상 춤추어라

처녀 당공수 걷어차고 중중모리 자진모리로 휘모리로 신
내려라

쾌자자락 훨훨 날려라

어든 깨끔이 내쫓아라

오사잡놈 내쫓아라

외적 앞잡이 내쫓아라

외적 해적 내쫓아라

오밤중 벼랑 위 당터 횃불 소리지르니

한 가지씩 한 가지씩 활옷 벗고 속옷 벗고

숫처녀 단속곳 벗어

눈감으니 알몸이어라

죄 타는 알몸이어라

업 타는 알몸이어라

눈부신 횃불 불빛 물들어

온몸에 약 들어라

그 처녀 한 오라기도 다 벗은 알몸으로

소리지르며

소리지르며

눈감고 입막고 온몸으로 동백꽃 져라

어둔 바다에 떨어진다

풍덩!

와아 와아

알몸 던져 수장 지내니

그 이뿐이 뒤를 따라

와아 와아 일만횃불 모조리 내던지니

밤바다 타오르다가 캄캄한 바다로 돌아와라

죽은 넋 몸을 받아 일만사내 일만아낙 햇불바다 솟아오

른다

어기영차 어기영차

저 물레 파도 뉘 파도

캄캄한 파도 내 파도

저 물레 파도 뉘 파도

날이 새면 내 파도

어기영차

어기영차

모든 배 배 저어라 달려가라 달려가라

죽은 넋 살아오고

빈 배에 고기 가득

뱃전이 기우뚱거리게 달려가서 돌아오라

천황수에 고기 많고

질경수 상감수에 고기떼 안 걸리니

고기잡이 이 노릇도 고달프기 짝이 없어라

어느 햇볕도 일백쉰 자 물 깊이까지는 못 들어가고

우리 그물 어기영차 끌어올리면 풍어재수라

네 마음 내 마음에 근질근질 옴이 나서

입도 웃고 코도 웃어라

배 가득 기쁨 가득 돛 올려라 달려가라

무거운 배 포구에 오니

뱃주인놈 도사공퇴물 싱싱한 해물에 눈이 번쩍

다 퍼내어 송두리치고 겨우 잔고기 망둥어 숭어

한 바지게로 품값 부르니

이놈들아

저놈들아

바다에는 외적이어라

뭍에서는 네놈들아

도끼 들고 놋대 들고 장대 들고 삿대 들어

낫 놓고 기역자 들어

이놈 저놈 시나위로 쳐부수니

애고애고 살려주소

열한번만 살려주소

명주비단 마고자에 금단추가 웬말이냐

통영갓 항아적삼 소실댁 놋요강이 그 아니 웬말이냐

호랑이 앞에 들개로다

고양이 앞에 서씨로다

왜놈 되놈 양놈 치고

이 땅 논밭 다 가져간 왜놈의 종놈 양놈의 종년

지지배배 불알깐 것들

그 연놈들 구덩이 파서 한 삽 두 삽 흙을 덮어라

그 연놈 목대잡이 한놈 권세 구덩이 파서

황해바다 깊은 액수에 산 채로 묶어 내던져라

어기영차
어기영차
저 물레 파도 뉘 파도
저 물레 파도 겨레 파도
우리 겨레 새로 세워 오늘 내일 새 역사여라
역사 열어라
닫힌 역사
썩은 역사
훔친 역사
빼앗긴 역사
한놈의 역사
다 열어서 일만겨레 횃불역사 화들짝 열어제쳐라
옥문 열듯이 역사 열어라
역사 열듯이 옥문 열어라
즈믄날 밤 풀포기땅

즈믄날 밤 짓밟힌 땅
갯가 비나리 물 한 그릇에
우리 역사 담기어라
우리 원혼 담기어라
팥알만한 붉은 꼭지 징표로 담겨 빛나거라

곤밥 이팝 한 그릇 고봉으로 뫼 이루어
조상 젯밥 올렸다가 우리 함께 먹어보아라
하늘에 빌어도
땅에 빌어도
비는 마음 비나리야
무엇 달라
무엇 이루라 애걸복걸 아니어라
비는 마음이 달리는 마음
비는 마음이 싸우는 마음
비는 마음이 이기는 마음이어라
비나리가 역사여라

비나리가 오늘이어라

비나리는 내 싸움이요 비나리는 내 혁파여라
갯비나리는 바다 개벽 내 개벽 네 개벽이어라
갯비나리 나나지성 그 소리 원한풀이 겨레의 한풀이여라
죽어서도 이 겨레
살아서도 이 겨레
삶과 죽음 이 겨레로
콩알만한 부황눈곱 비벼 끄고 달려가라
날으는 매도 부황눈곱 바람에 씻고 달려가라
하늘과 매 매와 사람
사람과 땅 땅과 역사
역사와 삶 우리여라

소리질러라
소리질러라
바람 불어라

일어나라

누워 죽을 놈 짓밟혀라

싸우다 죽을 놈 여기 있으라

팔진법 정공전법 싸우다 죽을 놈 여기 있어라

소리질러라

소리질러라

저 물레 파도는 뉘 파도

저 물레 파도는 내 파도

내 할애비 할애비 애비 에미 죽은 파도

내가 죽을 내 파도

소리쳐 깃발 올려라

큰북 울려라

징 울려라

낙락장송 난리나고

섬광 번쩍이며 둥둥둥 구름으로 북아 징아 울려라

갯비나리 정화수 한 모금 이 물 먹고

일어나라

일어나 달려가라

바다만한 가슴으로 바다복판 달려가라

죽어서도 거듭나거라

인당수 심청인 듯 둥둥 떠 연꽃이어라

아니어라

아니어라

우리 겨레 온 겨레 나고 죽고 죽고 나서

골백번 잘백번 거듭나서 달려가라

우리 겨레 역사 여는 만경창파로 달려가라

나는야 고기잡이 아홉 척 장승 뱃놈이다

이 힘으로 일어나라

우리 역사 일어나서

요하벌판 요원 불길로 밤새도록 일어나라

과인도 황공하여이다도 다 잡아 불고기여라

우리 한번 살으리랏다

봄 여름 가을 함박눈 펑펑 오는 겨울밤을 살으리랏다

꽹과리 귀염둥이

금자둥아 은자둥아

우리 한번 살으리랏다

우리 땅 우리 역사에 아침 마을 이룰지어다

비나리여라

비나리여라

하늘아 산무더기야 창대 높이 들어올려라

우리 원한풀이 천만년의 오늘이어라

바다야 돛단배야 바람받이 살으리랏다

저 물레 파도 뉘 파도

저 물레 파도 뉘 파도

한 세상 파도 되어 온 세상 이룰지어다

자장가

1

긴 밤 온다.
긴 밤 온다.
우리 아가 잘 자라
해와 별 사람에게 일 주고 잠을 준다
이 세상 모든 바다 성난 물결 소리쳐도
바다 위 날치떼도 바다 밑으로 돌아가서
천년의 잠 한 소금 만년의 잠 한 소금
한평생 지친 아가미 고이고이 잠잔다
아가 아가 우리 아가
산 넘어 물 건너서
멀고 먼 곳 여기저기 떠돌다 지친 아빠
오늘밤 너의 아빠 어느 곳에 잠이 드나
오늘 하루 팔고 남은 소매물자 얼마이랴
당성냥 몇 갑하고 참빗 한 접 그대론지
가난한 떠돌이장수 청승맞은 노랫소리

어느 마을 아낙네들 그 소리에 몰렸는지

우리 아가 잘 자라

아빠 오면 새 설빔도 눈 오는 날 입혀주마

새 기저귀 채워주마 네 젖도 많이 나와

이내 가슴 엄마 가슴 기쁨으로 가득 차서

우리 아가 우리 아가 밀물바다 해 지는 날

그날 같은 우리 아가 잘 자라 잘 자라

오랜 세월 비바람이어라

오랜 땅 겨울 봄이어라

오늘 하루 우리한테 덧없는 하루건만

얼마나 많고 많은 앞날의 시작이랴

오늘 하루 떠돈 아빠 얼마나 벌었는지

잔셈을 잘못하여 손실이나 안 났는지

오늘밤은 어느 곳에서 밤바람을 피했는지

살구꽃 피는 마을 단꿈 없이 잠드는지

풍년마을 새장가가는 궂은 꿈을 꾸는지

입은 옷 속옷이나 어느 틈에 빨래하여 밤새도록 말랐

으랴

아가 아가 우리 아가
아빠 엄마 사랑하여 한몸으로 너를 낳아
시집 친정 들러리로 이 세상에 들었어라
이 세상에 너를 바쳐 세상 진리 얻었어라
하늘에 하늘 계시고
산에는 산 계시어
흐르는 물 물 위에다 우리 아가 한 번 담가
온 누리 뜻 받아서 우리 아가 엉엉 울더니
이 세상 일꾼으로 어서 자라 어른이어라
아직도 이름없어 바우 바우 우리 아가
바우야 바우야 애바우야 우리 아가 잘 자라
먼데 자는 아빠 그 뜻이야 함께 있어
아빠 엄마 너를 지켜 네 숨결 함께 듣고
네 고뿔 근심하고 네 웃음에 한웃음이어라
우리 아가 잘 자라
별 아홉 개 따서 두랴

이 밤 그믐 남겨두랴

건넛마을 개 짖는 소리 행여 아빠 아닐쏜가

아니어라

아니어라

백만장자 주어도 싫고 별의별 권세 주어도

그런 것일랑 다 물려서

우리 식구 이웃 식구 성님 동생 정든 세상

동지섣달 핫옷 입고 여름 콩밭 베잠방이

오막살이 집 한 채로 하늘 아래 자랑이어라

한 푼 두 푼 벌어다가 그 자랑을 사올 테니

아가 아가 잘 자라

네가 자면 깊은 밤중 곰별 양별 별도 자고

아빠 자고

엄마도 자다가 잠든 네 모습 사랑이어라

우리 아가 초롱초롱 별나라 별눈망울

깊은 산 스님네 집 장명등 불빛 눈도

삼월 봄날 병아리 졸음 어서 와서 잘 자라

잠든 밤 잠든 만물 밤새우면 세상 열어
새날의 진리 되고 옳은 이 뜻이 되어라
못다 핀 꽃망울이 활짝 피는 어둠으로
우리 아가 잘 자라
우리 아가 잘 자라
삶과 죽음 다하여도 다하지 못할 우리 아가
긴 밤 지새우듯 긴 밤으로 잘 자라

   2

아가 아가 잘 자라 배냇짓 웃는 모습
네 모습 선하여라
내 이마 속 선하여라
아가 아가 우리 아가
비록 멀리 떨어졌어도 아빠는 네 곁이어라
엄마와 너를 두고 이 아빠는 먼 길 떠나
오늘밤도 추운 밤 낯선 고장에 홀로 되니

엄마와 너 달려오듯

엄마와 너에게 달려가듯

마음속에 하나 되어라

우리 아가

우리 아가 잘 자라 잘 자라

지난 가을 돌아가서

너를 안아 얼러본 뒤 아빠는 떠돌이로

애월마을 산지마을 강원도 두메산길

오대산 물줄기 따라 이 마을 저 마을로

한번 빗으면 춘향머리

또 한번 빗으면 내 사랑 머리

참빗 하나 사고지고

어럴럴럴 상사뒤야

이 성냥으로 불붙이면

불같이 가운 일어나 조랑말도 새끼치고

산삼 심마니 백년 묵은 산삼 꿈도 꾸시어라

날 저물어 메밀꽃밭 저승인 듯 그윽한데

성냥 한 통 사고지고

옷 핀 한 장 실 한 타래

어럴럴럴 사고지고

복 받아 나눠 가지고 이 복 저 복 나누어라

오늘 하루 칠십릿길 등짐장수 거의 팔아

내일일랑 도매가게로 돌아가서 믈건 채우면

또 하루 떠돌이장수 한 푼 두 푼 불어나니

우리 아가 꼬까 사고 엄마 치맛감 한 벌 뜨고

쌀 팔아서 쌀 한 말 밭 한 뙈기 씨뿌리고

내일 모레 머지 않아

천년 만년 곱한 그날 머지 않아 돌아가리라

우리 아가 잘 자라

우리 아가 잘 자라

멀리 있는 우리 아가 네가 자야 나도 잔다

아가 아가 잘 자라

오늘 아침 엄마한테 안부 한 장 부쳤어라

보름살이 생활비도 부쳤더니 맘놓이니

우리 아가 잘 자라

비록 아빠 떠돌이로 장사꾼이 되었으나

우리 아가 너한테는 못난 아빠 되었으나

이 세상 온갖 마을 사람들의 일용품을

파는 일은 거룩하여라

만드는 이 거룩하고

파는 이도 거룩하여라

나쁜 사람 곱으로 남기나 그런 장사 옳지 않고

그런 장수 밀어주는 벼슬아치 목매어라

내가 만난 모든 사람 사는 이도 거룩하여라

밤 깊다

밤 깊다

밤새소리 지나간다

멀리 있는 우리 아가 어린 꿈에 누가 있나

엄마 아빠 온 세상이 네 것이어라 꿈꾸어라

너를 두고 이 아빠는 도둑 거지 안될 테니

착한 백성 누르는 힘 그 힘도 안될 테니

금덩어리 흙덩어리 논밭 곡식 빼앗는 짓

저 혼자 잘났다고 임금인 체하는 짓도

저 혼자 으뜸이라고 모든 뜻 내버리는

불한당 망나니 미친놈도 안될 테니

우리 아가 잘 자라

아름다운 젊은 엄마 너를 위해 늙어가고

못난 아빠 늙어가며 이승 저승 이웃 되어

하늘 두고 땅을 두고 우리 역사 앞에 두어

맹세하니 자랑이어라

너에게 맹세하니 엄마 마음도 자랑이어라

우리 아가 보고 싶다

한 치 컸나

두 치 컸나

앉음마 걸음마 아장아장 잘도 하나

우리 아가 자라는 모습

엄마 아빠 사랑이어라

두 사람의 마음으로 이룬 사랑이

셋으로 한 사랑이어라

비가 와도

눈이 와도

첫무서리 가을이 와도

이 세상 맑은 동안 한평생 사랑이어라

아가 아가 잘 자라

너도 자고 엄마 자고 멀리 떠난 나도 잔다

우리 아가 잘 자라

우리 아가 잘 자라

   3

또 긴 밤 온다

긴 밤 온다

하룻밤의 천리만리 비 오는 긴 밤 온다

처마끝의 낙숫물 소리 지렁이 울음소리

긴 밤 오니 잘 자라

우리 아가 잘 자라

이 세상의 괴로운 이 슬픈 이 아픈 이에게도

하룻밤의 천리만리 없는 자유 찾는 밤이어라

없는 행복 없는 평화 골고루 못 가진 밤

오늘밤이어라

오늘밤이어라

우리 아가 잘 자라

이 세상 좋으려면 이 세상으로 잘 자라

며칠 전 남도 해남 황톳길 밟으며 떠돈 아빠

잘 있다 잘 있으니 걱정 말라고 아빠 소식 달려왔어라

오늘밤은 고흥인가 순천인가

아니 아니 하동인가

어느 곳에서 잠자는지 지친 하루 잠도 지쳐

무슨 꿈인들 제대로 꿀쏜가 눈물 시름 끝없어라

여보 여보 속으로 불러도 곁에 안 계신 아빠 모습

아가 아가 나보다도 너한테 아빠 모습 보이고 싶어라

웃는 아기 웃는 아빠 이 세상의 행복이며

저 세상의 삶이어라 그 삶이 우리 삶이며

우리 식구 이웃 식구 모든 지붕 집집마다

골고루 내리는 비 오늘밤의 평화여라

아빠더러 못 드린 말 사랑해요 말 한마디

빈 가슴 울음으로 밀물 되어 말해버리니

사랑해요 말 한마디 그 말이 사랑이어라

서로 만난 첫날밤에 굳게 다진 약조 하나

참답자던 그 약조가 오늘밤 솟아올라 어둔 밤을 타올라라

우리 아가 잘 자라

우리 아가가 나라여라

우리 아가가 겨레여라

땅속의 샘물이다

자는 새 자는 새 새의 넋 나무 넋이어라

아빠와 함께 자는 봉놋방 나그네 넋이어라

그리워라

그리워라

바람 되어 달려가랴

빗소리로 몰려가랴

못 견디게 그리워서 찬물 한 말 몸에 붓듯

비 맞아도 비 맞고 나도 그리움은 깨어난다

여보 여보 당신 모습 이내 가슴에 들었어도

꼭 붙들고 섬기어도 멀고 먼 곳에 계시어라

아가 아가 잘 자라

네가 엄마 달래다가 잠으로나 달래어라

우리 아가 잘 자라

산이 닳아 들 되도록

들 한복판 산 되도록

이 세상 고르기 위하여 우리 아가 잘 자라

내 아무리 그리움에 잠 안 오는 밤이라도

우리 겨레 이룬 뜻과 쓰러지며 피 흘리며

일만 나라에 외치던 소리 만세소리 밤이 되고

나라 찾고 말 찾았던 그날 그 밤 되고지고

그리하여 우리 아가 굳센 어른 되는 날이

그날 밤이 되고지고

남과 북 나뉜 겨레 한덩어리 되고지고

그날 밤이 되고지고

그리하여 아빠 장사 두만강 나루터와 개마고원 산마을
까지

온 나라 다니는 날

그날 밤이 되시어라

그리워라

그리워라

우리 아가 잠을 깨랴 그리움도 묻어두고

하룻길 걸은 말도 하루 일 마친 소도

구시렁 구시렁 잠든 농부 옳은 뜻 가진 이도

고이 잠든 오늘밤이어라

고이 잠든 오늘밤이어라

우리 아가 잘 자라

네 곁에서 나도 자면 먼 고장 아빠도 잔다

잘 자라

잘 자라

우리 아가 잘 자라

4

아가 아가 얼마나 자랐느냐 어린 나무에 재보자
요만큼 자라 요만큼 어른이어라
우리 아가 돌 때 입은 때때옷 안 맞아라
어른이어라 어른의 아빠여라 우리 부부 아빠여라
여기는 태백산맥 동해바람 동해물결로
시달려온 산마을이다
호롱불 심지 돋워 우리 아가 떠올리며
너 하나로 엄마 모습 떠올리며
산골짜기 달덩이 보고 짖는 짐승 소리 들어
이 소리 외로운 소리 네 꿈에 보내어라
무서운 꿈 짐승 꿈으로 키가 크고 자라나면
이 세상 너에게 맡겨 내 갈 곳 저승이어라

일용품 팔고 나면 마른생선 비린내 한짐

마른 산채 두서너 짐 여기저기 팔아보아야

해 저물어 혼자여라

발병 나면

개울에 담가

혼자 말하고 혼자 듣는다

우리 아가 잘 자라

썩은 동앗줄 은동앗줄 옛날 이야기 누가 하랴

아가 엄마 잘 자라

하루 고단 빨래하고 설거지하고 무엇하고

큰 산의 돌 나르기라 자손 천년 다 하여도 산더미 일 끝
없어라

하루 일 하루 시름 여보 여보 그대 그리움에

내 그리움도 달려간다

아가 아가 어서 자라 엄마 아빠 파뿌리에

여름매미 쓰르라미 우렁차고 끈질기게

그 소리 들리는 귀 어서어서 되고말고

안개 낀 들 길 잃은 이

어서 자라 길잡이 되어라

우리 아가 잘 자라

네 앞에서 좋은 아빠

가난한 이 약한 이와 괴로운 이 짓밟힌 이와

함께 살며 억울가도 높이높이 불러대어

돼지배때기 벼슬권세 으름장에 맞서 나가

우리 백성 서러운 진리 그 진리로 맞서 나가

마을마다 동산 있고 동산마다 진달래라

아가 아가 잘 자라

비록 떠돌이장수이나

장사꾼도 장사만이 아니어라

옳은 일에 하나 되어 메뚜기도 버마재비도

농사꾼도 사기꾼도 선비꾼도 거지꾼도

골백번 하나 되어

돈팔이 목대잡이 캄캄으로 때려잡아라

옳은 뜻 백성이어라

하늘 바다 백성이어라

푸른 하늘 우리 아가 우리 아가 하늘이어라

어제부터 앓는 아빠 오늘밤도 편치 않다

싸우다가 다친 다리 절름발이로 떠돌다가

나으려다 새로 쑤시니 밤새도록 병든 새여라

어느 집 외양간 옆 헛간에다 잠자리 펴서

암소 새김질 쉬는 밤도

송아지놈 잠든 밤도 아빠 혼자 앓는단다

우리 아가

우리 아가

네 생각으로 약을 삼고 엄마 사랑 의원 삼아

오늘밤의 그리움이어라

내일 장사 쉬어야지 이대로는 안되겠다

오늘밤의 그리움이어라

바다 위에 섬을 심고 거룻배 지어 건너가는

오늘밤의 그리움이어라

어둠 멀리 소리가 되는 머나먼 불빛으로

오늘밤의 사랑이어라
아가 아가 잘 자라
낫 같고 보습 같은 우리 아가 잘 자라
갈대 베고 밭을 가는 우리 아가 잘 자라

5

아가 아가 너랑나랑 홰치는 듯 잘 자라
너야말로 내 동무 내 임 아니고 누구더냐
아가 아가 잘 자라
오늘밤 어느 곳에 아빠는 짐 부렸나
아빠의 하루하루 돌고 도는 바퀴인지
하루 이틀 세수 거르고 꺼칠한 낯 안쓰러워라
지나는 길 술 익은 술집 스치며 얼마나 컬컬하는지
두메마을 양귀비꽃 꽃봉지 여무는 세월이어라
아가 아가 우리 둘이나 아빠 그리움 달려와서
아빠의 자장노래 우리 둘을 재우누나

네가 배운 말 한마디 아빠 엄마 함께 있으나
내일은 더 멀리 있으리라
아가 아가 네가 배운 첫 사투리 지닌 아빠
어느 고개 넘어가다 길 잃은 짐승 길이 되어
그 고장 사투리 배우는지 가는 길 떠도는 길
그 길이 아빠여라 장차 네가 갈 길이어라
너 잠들면 나는 깨어 기나긴 밤 아빠 생각
열번 죽어도 아빠 생각 백번도 아빠 생각
지난 가을 왔다 간 뒤 그 모습 진 데 밟으랴
가을 하나가 즈믄 가을 숨어서 우는 가을이어라
바람 불어도 아빠여라 들국화도 아빠여라
시월 기러기 세세생생 밤기러기도
우리 아가 아빠여라
밀물에 오는 소금배여라
저문 산길 나귀여라
나귀 방울 딸랑딸랑 방울소리 아빠여라
긴 밤이다

긴 밤이다

밤의 캄캄한 벼랑이다

잠깐 졸음에 꿈이 들어와

우리 아빠 꽃 속에 묻혀 먼데로 실려간다

쫓아가다 쫓아가다 깨인 꿈에 식은땀이다

아무래도 흉할 징조 지아비 죽음 생각을

네모로 여덟모로 고개 사래 젓고 저어

내 가슴속 살아 있는 아빠 모습 쥐어짠다

아가 아가 잘 자라

오늘밤 우리 아빠 어느 마을 길손 되어

몸이나 성하신지 병들어 신음인지

나 모르는 것 너무 많아라

나 모르는 것 너무 많아라

이 세상의 모르는 괴로움 그 괴로움이 세상이어라

이 세상이 진리여라 이 세상이 역사여라

사람으로 나고 죽고 몇 즈믄 해 이어지는

우리 역사 이 세상이어라

노래 하나

무덤 하나

마을 영감 기침 하나

홀앗이 쓸쓸한 방 방 한 칸도 역사여라

노랭이 돈 한푼도

우리 역사 이 세상이어라

아가 아가

우리 아빠 삶과 죽음 그 아니 역사런가

흙 한줌 바람자락 어느 것 한 가지도

해돋이 땅 역사여라

온갖 책 다 넘겨도 마지막은 역사여라

아가 아가 우리 아가 네 잠의 모습 역사여라

우리 아가 잘 자라

자다가 깨어도

다시 자라

우리 아기 잘 자라

내일 아침 새소리 깰 제

소록소록 눈이 오고
소록소록 잘 자라

6

우리 아가 잘 자라
우리 아가 잘 자라
네 외갓집 바다 울음 캄캄한 수평선에
우르르 우르르르 우는 밤에 잠든 배로 잘 자라
아빠는 고기잡이 먼 바다로 나간 뒤에
어느 풍랑에 못 돌아온 채
영영 소식 없을지나
고기잡이 아들녀석
바다와 함께 자라나서
아빠 없이 자라나서
아빠 그물 남겨둔 그물 그물치기 익혀두고
열세살에 배를 타고 아빠 뒤를 잇는 것을

시집 전 처녀 때에 뭉클하게 보았어라

아가 아가 우리 아가

너도 깨고 나도 깨어

아빠가 안 계셔도

너 스스로 임자 되고 어른 되고 당당한 대장 되어

이 세상 너른 벌판 온갖 저자 다 달려서

네 말발굽 소리에 세상이 다 먼지여라

우리 아가 잘 자라

멀리 떠난 아빠 사랑

집 지키는 엄마 사랑

너의 삶의 끝까지는 따라가지 못할지니

이로부터 해와 별이 달려가는 네 것이어라

이로부터 산과 들이

한 방울 빗방울로 흐르고 흘러 바다 되니

그 바다의 짠물 푸른 물

네 세상이어라

네 세상이어라

고기잡이 아들녀석 고기잡이 되고지고

떠돌이장수 아들녀석 떠도는 길 진리여라

아가 아가 우리 아가

네 삶은 노래여라

내 죽음 춤이어라

둥실둥실 두둥실 구름 같은 북소리여라

아니나다를까 북소리여라

한밤중 서귀포 벼랑 동백꽃 지는 바다여라

죽은 목숨 살리는 고요 그 고요의 아우성이어라

긴 밤 간다

긴 밤 간다

우리 아가 잘 자라

달빛 자고 별빛 자니

마을 하나도 하늘이고 휘영청 세상이어라

사람 하나도 역사여라

우리 아가 세상 역사 고이고이 잘 자라

아빠 엄마 아픈 사랑 단꿈 사랑 온갖 사랑

너 하나를 키웠으니 진자리 마른자리

이제 한시름 놓았으니

일곱 발자국 걸어나가

하늘 아래 땅 위에서 네가 오직 드높아라

하늘 땅 사람 한몸으로

추운 보리밭 종다리 떴다

그 종다리 울음으로 드높아라 드높아라

아가 아가 잘 자라

이미 우리 아가 아니어라

너는 네 진리여라

너는 네 힘이어라

너는 네 사랑하는 모습이어라

아빠 엄마 사나 죽나 네 뱀의 허물이며

너의 자유 따로 있어라

허물 벗고 새 몸 되어라

우리 아가 우리 아가

이제 너는 내 아들 아니어라

이 세상의 아들이어라

이 겨레의 아들이어라

아가 아가 잘 자라

도둑이 되어도 네가 되고

벙어리 되어도 네가 되고

문둥이 되어도 네가 되어라

아가 아가 잘 자라

그러하나 그보다는 세상 겨레 뜻을 받아

악한 짓을 때려부수고

사한 짓을 고치는 일 그 일이 일이어라

옳은 일 네 일이어라

아름다움 네 일이어라

참다운 일 네 일이어라

아가 아가 잘 자라

내 죽음 다하도록

우리 아가라 부르고 싶은

아가 아가 잘 자라

그러하나 이미 너는 내 아들이 아니어라

네가 어서 어른 되어

엄마더러 큰 소리로 어기영차 불러보아라

멀리멀리 떠난 아빠 지나가는 나그네야

큰 소리로 깜짝 놀라게 산 무너지게 불러보아라

비로소 그날이 오면 그날 네가 아들이어라

집채 날으는 바람

그 바람에도 안 꺼진 불꽃

그 불꽃으로 부르짖어

이 세상의 썩은 잠을 모두모두 깨워놓아라

죽은 송장 벌떡 세워라

죽은 역사 벌떡 세워라

우리 아가 잘 자라

우리 아가 잘 자라

묵은 세상 때려잡아 새 세상 이루어라

사랑이어라 가장 큰 사랑이어라

우리 아가 잘 자라

이 시집은 창작과비평사 염무웅형으로부터 몇 달 전부터 권유받은 결말이다. 지난해 시집 『입산』을 냈기 때문에 너무 빠른 느낌도 없지 않다. 최근 계간지에 여러 편씩 발표한 나머지의 것 십여 편은 전혀 신작이다. 좀 기다란 시 두 편은 하나는 잡지에 하나는 민족문학의 밤 낭송으로 발표된 것이다.

지금 생각건대 이 시들은 거의가 분주하기 짝이 없는 내 삶의 동안동안에 씌어진 즉흥적인 것들이어서 시를 시인 자신의 것이라고 말하는 시대에는 각별한 애착마저 일어날 것 같다. 그러나 나는 내가 쓴 시를 만인의 시로 돌려놓아야 한다고 믿고 있다. 혹 이 시집을 읽는 분들은 읽어가면서 되지 못한 데가 나오면 고쳐가면서 읽기 바란다. 그것이 내 참다운 소원이다.

다만 이 시집은 내가 앞으로 좀더 시인일 수 있다면 그런 시인이 되기 위한 어떤 결단의 이정표가 된다는 것을 밝히고 싶다. 나는 우리 민족문학의 한 모서리나마 담당하는 것이 나에게 남겨진 목숨에 담긴 가장 큰 목적임을 새삼스레 깨닫고 있다. 창비의 동인들께 감사한다.

1978년

창비시선 15

새벽길

초판 발행 / 1978년 11월 30일
개정판 1쇄 발행 / 1993년 9월 10일
개정판 10쇄 발행 / 2017년 2월 28일

지은이 / 고은
펴낸이 / 강일우
펴낸곳 / (주)창비
등록 / 1986년 8월 5일 제85호
주소 / 10881 경기도 파주시 회동길 184
전화 / 031-955-3333
팩시밀리 / 영업 031-955-3399 편집 031-955-3400
홈페이지 / www.changbi.com
전자우편 / lit@changbi.com

ⓒ 고은 1978, 1993
ISBN 978-89-364-2015-4 03810